# NOAH GORDON

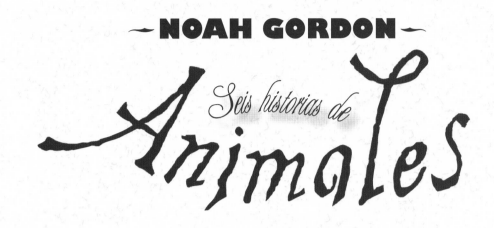

Seis historias de

Animales

Primera edición: marzo 2010

Traducción cedida por Ediciones B © Max González
Traducción de "Enric y los dos osos" © Susana Andrés
© de las ilustraciones los autores
Libros del Atril S.L., de esta edición
Av. Marquès de l'Argentera, 17, Pral.
08003 Barcelona

www.piruetaeditorial.com

Impreso por EGEDSA
Rois de Corella, 12-16, nave 1
08205 Sabadell (Barcelona)

ISBN: 978-84-92691-75-3
Depósito legal: B-4.973-2010

# NOAH GORDON

Seis historias de Animales

Ilustraciones de:

| | |
|---|---|
| Valentí Gubianes | *Michael y Sam* |
| Maria Espluga | *Caleb y los pájaros* |
| Agustín Comoto | *Enric y los dos osos* |
| Carles Arbat | *Emil y las luciérnagas* |
| Txell Durán | *Sara y la mofeta* |
| Josep Rodès | *Emma y los zorros* |
| Roger Olmos | *Ilustración de cubierta* |

pirueta

*Para Enric, Sara, Emma y Caleb*

# Introducción

Si eres un niño, entonces he escrito estos cuentos para ti.

Bueno, en realidad este libro comenzó cuando les contaba y les leía cuentos a mis nietos. Quería que se divirtieran, y ver que con mis cuentos se interesaban por los animales salvajes me hacía sentir muy bien.

Cuantas más casas, tiendas y fábricas construye la gente, menos espacio queda para los animales salvajes, y también menos admiradores. Me gustaría que os diérais cuenta de lo valiosos y fascinantes que son los animales en su ambiente. Son muy diferentes de los animales que viven en cautividad, o de las mascotas, o incluso de aquellos que podéis ver en el zoo.

Una de estas historias es verdadera. Es sobre mi hijo Michael y una preciosa tortuga. En los otros cuentos me he imaginado a los niños, pero los animales y los pájaros son seres que conozco y que pude observar cuando estuve viviendo durante largo tiempo en una granja del oeste de Massachusetts.

Espero que os guste este libro.

Noah Gordon

# Michael y Sam

Michael estaba triste porque no podía tener ni perro ni gato; el pelo de aquellos animales le hacía estornudar y los ojos le picaban.

—Me encantaría tener una mascota —decía Michael.

—A mí también me encantaría —decía papá.

Un día, pescando en el río, papá vio a tres chicos que habían atrapado una tortuga.

—¿Quiere comprar esta tortuga, señor? —le preguntaron.

Papá vio que esa tortuga no era de las que mordían. «Las tortugas no tienen pelo; sería una buena mascota para Michael», pensó.

—Venga, os la compro —contestó papá a los chicos.

A Michael le encantó la tortuga.

—La parte de arriba se llama caparazón —le explicó papá—. Muchas tortugas tienen el caparazón suave, pero ésta no. ¿Ves que la concha está hecha de muchas piezas abultadas? Tienen forma de rectángulo, pero acaban en punta, como una pequeña pirámide.

Papá dijo que la parte inferior de la concha se llamaba plastrón.

Era amarilla, mientras que las pequeñas pirámides de la parte superior eran negras y marrones.

A Michael le
gustaron los colores
de la tortuga.

—¡Mira qué patas
tan rojas! La llamaré Sam,
como Samuel —dijo Michael—.

¡Qué bonita eres, Sam!

Michael ayudó a papá a colocar una valla de alambre alrededor
de un pequeño terreno cubierto de hierba. Luego pusieron
una amplia tina de metal dentro de la tierra y la llenaron
de agua. También pusieron una piedra plana en el agua,
al borde de la tina, para que la tortuga pudiese entrar y salir
con facilidad.

—Mira, Sam —le dijo Michael a la tortuga—, ya tienes casa.

Michael estuvo jugando con Sam todo el verano. Le daba de
comer moscas, gusanos y carne picada. A veces, Michael se sentaba
en el suelo y le hablaba; otras veces, Michael y Sam simplemente se
miraban a los ojos.

Hacia el final del verano, el tiempo empezó a cambiar. Pronto haría demasiado frío para las tortugas.

—Cuando llega el invierno, las amigas de Sam que viven en un río o en un estanque se entierran en el barro —dijo papá.

Papá llevó a Sam a un museo de ciencias y se la mostró a un hombre que sabía mucho de tortugas. El hombre dijo que era un animal sano.

—¿Qué podemos hacer con Sam durante el invierno? —preguntó papá.

El hombre dijo que llenase el cajón de las verduras del frigorífico con servilletas de papel mojadas y que colocara a Sam allí dentro.

—Así tendrá el ambiente frío y húmedo, y será como si estuviera en el barro —dijo el hombre—. Verá cómo se pasa todo el invierno dormida. Es lo que se llama hibernar.

—¿Dormida? —preguntó papá.

—Sí, es una hembra —contestó el hombre.

Michael se sorprendió al saber que Sam era hembra.

—Pongámosle Samantha —propuso papá—. Así podremos seguir llamándola Sam.

A Michael le pareció una buena idea.

Cuando pusieron a Sam en el cajón de las verduras del frigorífico que papá tenía en el despacho, la tortuga escondió muy despacio una de sus patas rojas dentro de la concha, hasta que la pata desapareció. Luego escondió otra pata, y luego las otras dos.

Más tarde escondió la cola. Sam soltó un resoplido, como un bostezo, y finalmente escondió su cabeza en el caparazón, hasta que lo único que pudo verse de la tortuga fue su hermosa y redonda concha.

Sam pasó todo el invierno en el frigorífico. En primavera, cuando los días fueron más cálidos, papá sacó a Sam del cajón de las verduras y la puso al sol.

Durante un buen rato no pasó nada.

Michael estaba preocupado.

—A lo mejor piensa que se ha convertido en un tomate o en una lechuga —dijo Michael.

—No. Creo que sabe que es una tortuga —opinó papá.

Al poco, la punta de la nariz de Sam asomó fuera del caparazón. Luego toda la cabeza, y poco después, las patas y la cola. Sam abrió sus pequeños ojos oscuros; resopló y comenzó a caminar.

—¡Buenos días, Sam! —gritó Michael.

—¿Preparamos otra casa para Sam, papá? —preguntó Michael.

—Mira, Michael, he estado pensando —dijo papá, que parecía confuso—. Sam es una tortuga salvaje. Tendría que estar viviendo en un río de agua fría y no en una tina de agua tibia.

Michael pensó en eso.

—Creo que debemos liberar a Sam —dijo.

Así que llevaron a Sam a la orilla de una profunda charca del río de aguas frías donde solían pescar. En cuanto la dejaron en el suelo, Sam caminó hacia el agua, se metió en ella y se echó a nadar; en un instante había desaparecido.

Michael pensaba a menudo en Sam; estaba contento de que viviese otra vez en libertad.

Un día, cuando ya hacía un año que habían liberado a su mascota, él y papá se fueron a pescar truchas. Al vadear un recodo del río, vieron una tortuga tomando el sol en una roca. Aquellas manchas les eran muy familiares.

—¡Sam! —exclamó Michael.

La tortuga estaba igual que cuando la habían devuelto al río un año antes. Michael y papá le dijeron a Sam lo contentos que estaban de volver a verla. Durante un rato, Michael miró a Sam y Sam miró a Michael.

Y al final, la tortuga se deslizó por la roca para llegar al agua y se fue nadando.

# Caleb y los pájaros

Caleb vivía en una granja, muy cerca de unos frondosos bosques. Enfrente de la granja discurría un camino largo y polvoriento que daba a la carretera; a un lado del camino, había una vasta pradera donde el papá de Caleb cultivaba heno para alimentar a sus vacas y, al otro, un huerto de árboles frutales, una ciénaga pequeña y una valla con una caseta para pájaros en cada poste. En las casetas vivían azulejos y golondrinas, y entre los juncos espesos de la ciénaga y la hierba alta de la pradera, los pájaros de alas rojas fabricaban sus mullidos nidos.

Los pájaros estaban por todos lados, revoloteando por encima de uno y llenando el aire con sus gorjeos y sus cantos.

En la granja siempre reinaba una gran actividad, y todo el que vivía allí tenía su propio trabajo. El de Caleb era traer el correo.

Todas las tardes, salvo el domingo, el señor Albano, el cartero, conducía un furgón azul por la carretera, y cuando tenía correo para la granja detenía el vehículo y dejaba las cartas en el buzón. Antes de irse, enderezaba la banderita roja del buzón de modo que cuando Caleb mirase por la ventana y viese la banderita levantada, sabría que el señor Albano había dejado correo.

Caleb cogía su cesta e iba camino abajo; subía los dos escalones que su papá le había construido para que pudiese alcanzar el buzón, bajaba la banderita roja, ponía el correo en su cesta y lo llevaba a la granja. Hacía su trabajo muy bien, hasta que un día de primavera algunos pájaros comenzaron a actuar de forma extraña.

Todo empezó poco después de que los pájaros volviesen de su migración durante el invierno a lugares más cálidos. Los azulejos eran muy buenos vecinos, pero una mañana que papá estaba plantando zanahorias en su huerto, un mirlo se lanzó sobre él y le picó en la cabeza. Papá llevaba puesta su gorra, así que el mirlo no le hizo daño, pero aquello le sorprendió.

Esa tarde, cuando Caleb fue a buscar el correo, tres golondrinas cayeron en picado hacia él, volando sobre su cabeza una y otra vez. Al pasarle cerca de las orejas, los pájaros le picoteaban, y aunque no le mordían, Caleb se llevó un buen susto y volvió corriendo a casa.

Papá le contó a Caleb que, en algunos nidos, los polluelos habían salido de los huevos que las mamás pájaro habían puesto, y que los pájaros que estaban actuando de forma extraña eran los papás pájaro.

—Tratan de ahuyentar a cualquiera que se acerque demasiado a sus nidos —dijo papá—. Se calmarán en cuanto los polluelos hayan crecido lo suficiente para poder volar.

A Caleb eso no le tranquilizaba; seguía teniendo miedo a los pájaros.

—No quiero ir más a buscar el correo —anunció.

—Pero ése es tu trabajo —dijo papá, triste.

A la mañana siguiente, el bus que llevaba a Caleb a la escuela se detuvo en la carretera. Caleb estaba a medio camino del bus cuando las golondrinas comenzaron a revolotear sobre él, picoteándolo. Caleb se subió la camiseta sobre la cabeza y corrió hacia el bus escolar tan rápido como pudo.

Esa tarde, cuando el bus lo trajo de vuelta a casa, papá lo estaba esperando con un gran paraguas y, aunque no estaba lloviendo, recorrieron todo el camino protegidos por él. Los pájaros estaban volando sobre ellos, haciendo sonar sus picos. Papá se echó a reír.

—Estos tontos se creen que somos un monstruo y que el paraguas es la cabeza —dijo.

Una vez que estuvieron bajo techo, Caleb no quiso salir más.

—No te preocupes —lo tranquilizó papá—, sé cómo engañar a los pájaros.

Papá le dio una de las fregonas de la casa y le dijo:

—Si la mantienes en alto, les parecerá que eres una persona con un cuello muy largo y volarán por encima de ella en vez de hacerlo sobre tu cabeza.

Pero Caleb era pequeño, y tanto la fregona como el paraguas resultaban demasiado pesados para él. No podía aguantar ninguna de las dos cosas y llevar al mismo tiempo la cesta con el correo.

Papá fue hasta la ciénaga y cortó una vara larga y delgada de uno de los sauces que crecían junto a aquélla. En el extremo de la vara, un cabo de rama apuntaba hacia el suelo y otros dos hacia el cielo.

Caleb creía en lo que papá le había dicho, pero de todas formas, cuando llegó el correo se puso su anorak. Aunque ese día hacía bastante calor, se ajustó la capucha hasta que le protegió bien la cabeza y las orejas. Luego cogió la cesta y la vara y salió.

Aguantó la vara con facilidad y, antes de que hubiera recorrido medio camino, tres pájaros se lanzaron hacia él. Volaron sobre el extremo de la vara, chasqueando con el pico, pero no le molestaron.

Caleb se puso contento al darse cuenta de que papá tenía razón: los pájaros creían que era un hombre de cuello muy largo. Caleb miró a los pájaros mientras caminaba. El palo que mantenía sobre la cabeza era tan largo como el cuello de una jirafa, pensó. El cabo de rama que miraba hacia abajo podía ser la cara de la jirafa, y los que miraban hacia arriba, los cuernos. Era fácil imaginarse que era una jirafa de verdad.

—¡Vengo de la selva a visitar esta granja! —les gritó a los pájaros, mientras trataba de caminar tal como había visto caminar a las jirafas de la tele, balanceándose de un lado a otro.

Cuando llegó al buzón, subió los dos peldaños de madera, bajó la banderita roja y abrió la puertecita. Dentro había tres cartas y una revista; las puso en su cesta y las llevó a la granja.

A la mañana siguiente, Caleb se tomó su tiempo para llegar al bus de la escuela. A los chicos que estaban dentro les gustó la forma en que Caleb engañaba a los pájaros, que volaban sobre la vara.

—¡Qué divertido, Caleb! —exclamó su amigo Kenny.

Todos los chicos se pusieron a aplaudir y a gritar su nombre.

Esa tarde, Caleb no se puso el anorak para ir a buscar el correo, sino que de nuevo llevó consigo la vara. Esta vez les contó a los pájaros que era el capitán Jeff Jiraja, que había venido de muy lejos a bordo de su nave espacial.

—En mi planeta, todo el mundo parece una jirafa —les dijo.

Caleb estuvo dos semanas llevando su vara, ya fuese para ir a buscar el correo o para ir hasta el bus escolar, hasta que una tarde ni un pájaro voló sobre ella. Caleb la guardó en un rincón del granero.

Ahora, cuando salía de casa veía a los papás y las mamás pájaro enseñando a volar a sus polluelos. Las crías volaban un instante como los pájaros adultos, para luego comenzar a caer, y entonces un papá o una mamá pájaro volaban bajo el pollito y lo empujaban de nuevo hacia arriba.

El cielo estaba lleno de pájaros muy bonitos que volaban y planeaban, emitiendo sonidos hermosos. No eran las mascotas de Caleb, ni siquiera sus amigos, pero eran buenos vecinos y así era como le gustaba a él.

# Enric y los dos osos

A Enric le encantaba la Montaña del Abuelo.

La montaña, grande y boscosa, se conocía por ese nombre porque la primera persona que construyó una granja en ella fue el abuelo del papá de Enric. Él era quien había edificado una cabaña en la extensa y llana cima de la montaña. Él había talado los árboles que se encontraban en la cumbre y quemado los tocones, y había dejado una extensa superficie de tierra cultivable. Cada primavera la sembraba y cada verano se erguían en ella verdes y altos maizales.

Cuando el padre del papá de Enric creció, siguió cultivando maíz en la cima de la montaña.

Y ahora era el papá de Enric quien se ocupaba de ello, tal como habían hecho su padre y su abuelo.

Enric apenas podía esperar a hacerse mayor para poder, también él, cultivar los maizales.

Entre tanto disfrutaba siendo un niño.

Vivía con su mamá y su papá, en la ladera de la montaña. Su casa se hallaba en un pequeño claro. Salvo por ese claro y la plantación de la cima, toda la montaña estaba cubierta por un inmenso bosque poblado de animales salvajes.

Había ciervos, zorros, mofetas y conejos.

Había ardillas, ranas, arañas y
serpientes. Había puercoespines,
marmotas, tortugas, mapaches
y comadrejas. Había peces y
castores en el río. Había seres
que hacían ruido por la noche, como
coyotes que aullaban y búhos
que ululaban.
Y había
osos.

Los osos, algunas veces, eran un problema.

En varias ocasiones los osos se habían internado en el corazón del gran maizal, donde nadie podía verlos, y se habían comido la cosecha. A finales del verano, cuando el papá de Enric empezó a recolectar el maíz, descubrió que las mazorcas del centro de la plantación habían desaparecido.

Para mantener los osos a raya, el papá de Enric colocó una valla de alambre. Pero los osos son muy fuertes: tumbaron los postes de la valla, entraron en el campo y volvieron a comerse el maíz.

Así que el papá de Enric instaló un extraño artilugio. Era una máquina de hacer ruido.

De tanto en tanto emitía unos fuertes ¡BANG! ¡BANG! ¡BANG!

Los osos detestan el ruido, por lo que se mantuvieron alejados de la cima de la montaña. En lugar de maíz comían arándanos, moras, bellotas, manzanas silvestres u otras plantas sabrosas y, algunas veces, pescaban una trucha del río y cenaban pescado.

El malestar entre los osos y la familia de Enric desapareció.

Pero no por mucho tiempo.

En toda la montaña abundaban los pájaros. A Enric le fascinaba escuchar su canto, y observar los colores y dibujos de sus plumas. Su papá colocó un comedero de pájaros en un poste, en la parte trasera de la casa, y lo llenó de alpiste, que tanto gusta a las aves. Enric permanecía horas sentado a la ventana de su habitación del segundo piso, mirando, mientras comían, los gorriones de discreto plumaje, los alegres carboneros, los inquietos trepadores, los caprichosos pinzones y los prudentes cardenales vestidos de rojo.

Un día, Enric y su papá descubrieron en las lindes del bosque a un oso adulto y a un osezno que también contemplaban a los pájaros. El papá de Enric le contó que el oso grande era la mamá y el pequeño, su cachorro.

Esa noche, mientras la familia de Enric dormía, algo tiró el comedero de su poste y lo rompió. Por la mañana, su papá dijo que habían sido los osos.

—A los osos les gusta el alpiste —dijo el papá de Enric—. Al tirar el comedero, han podido comerse con toda comodidad las semillas desparramadas por el suelo.

El papá de Enric reparó el comedero. Volvió a colocarlo en el extremo del poste y lo llenó de grano, pero por la noche los osos lo tiraron de nuevo y, esta vez, el comedero había quedado en tan mal estado que el papá de Enric tardó mucho en arreglarlo.

En el patio trasero había dos manzanos. El papá de Enric trepó a uno de ellos y ató un alambre al tronco. Acto seguido se subió al segundo y ató del mismo modo el otro extremo del alambre.

Instaló la escalera de tijera bajo

el centro mismo del alambre, se subió en ella y colgó el comedero lleno de alpiste.

—Ahora los osos no podrán alcanzarlo —señaló.

A la mañana siguiente, cuando se despertó, Enric saltó de la cama y corrió a la ventana. El comedero de pájaros pendía, sano y salvo, del alambre.

Enric se sentó junto a la ventana y se quedó observando a los pájaros que se acercaban a comer tras esperar pacientemente su turno.

—¡Qué buen sitio para el comedero, papá! —dijo Enric.

Dos días después, sin embargo, cuando el niño despertó, vio que el alambre estaba roto. El comedero, al caer desde tan alto, se había hecho pedazos.

El papá de Enric le contó que la mamá oso había trepado a uno de los manzanos y había partido el alambre.

—Los osos pueden ser muy astutos —se lamentó éste.

—¿Qué podemos hacer ahora, papá? —preguntó Enric.

—No lo sé —contestó su papá—. Tal vez deberíamos llamar a un guardia forestal y que contacte con un tirador que dispare un dardo con somnífero. De este modo la mamá oso se quedará dormida un rato y podrán capturarla y meterla en una jaula con ruedas. También tendremos que atrapar al osezno —añadió.

—¿Y qué pasará con los osos cuando estén en la jaula? —preguntó Enric.

—Se los llevarán a otro bosque, lejos de la Montaña del Abuelo, a la que ya no volverán —respondió su papá.

Enric se quedó pensando en lo triste que él se sentiría si se lo llevaran de la Montaña del Abuelo. No le gustaba nada la idea.

Se alegró mucho de que su papá le dijera que él tampoco era partidario de esa solución.

—Eso de llevarse a los osos de la Montaña del Abuelo no estaría bien —admitió el papá de Enric—. Siempre ha sido un hogar para los osos. Antes de que el abuelo llegara a estos montes, ellos ya llevaban mucho tiempo habitándolos.

Entonces a Enric se le ocurrió una idea.

—Papá —dijo—. ¿El oso puede trepar por la pared de nuestra casa?

—No —respondió su papá—. Los osos negros son buenos trepadores. Suben fácilmente por un árbol de corteza rugosa y con ramas pero no pueden trepar por la pared lisa de una casa.

Así que Enric le contó su idea y a su papá le gustó.

El papá de Enric apoyó la escalera contra la fachada de la casa.

Subió por ella con el comedero y un taladro, un destornillador y algunos tornillos, y fijó el comedero en el alféizar de la ventana del dormitorio de Enric.

Al día siguiente, Enric se levantó de la cama y corrió a la silla que estaba junto a la ventana. Se inclinó contra ésta y miró los pájaros. ¡Qué cerca estaban… justo al otro lado del cristal! Se sentía feliz porque sabía que ahora podría contemplarlos cada mañana.

Después de esto, Enric y su papá sólo volvieron a ver a los dos osos una vez. Su papá le contó que seguramente estaban ocupados en comerse los grandes arándanos de un arbusto al otro lado de la montaña.

—Ahora los osos están contentos y nosotros también —concluyó su papá.

Enric sonrió.

—Y los pájaros también están contentos —añadió.

# Emil y las luciérnagas

Todos se pusieron contentos cuando la familia se mudó de la ciudad a la granja del abuelo; todos, menos Emil. En la granja había cincuenta y cuatro vacas, veintiuna gallinas, cuatro cerdos, dos gansos y una perra amable y tranquila que se llamaba Imogena.

—Imogena es más grande de lo que recordaba, abuelo —dijo Emil—; y más gorda.

El abuelo sonrió.

—Bueno, es que ha crecido —explicó—, y además va a tener cachorros.

Emil sentía nostalgia de la ciudad. Echaba de menos a Tony, su mejor amigo. Echaba de menos los sonidos que le eran familiares,

como el rugido de los motores y los bocinazos de los coches, autobuses y taxis, o las sirenas de las ambulancias que llevaban enfermos al hospital. Echaba de menos los olores; en verano, el aroma especial de la lluvia que caía sobre las aceras calientes; en invierno, el delicioso olor de los puestos ambulantes que vendían castañas asadas, salchichas, palomitas y pastas recién hechas.

En el campo, los olores eran diferentes. El aire era limpio y olía a hierba y árboles, excepto en el establo, en la porqueriza y en el gallinero.

—¡Qué mal huelen los cerdos! —le dijo Emil a su abuelo.

—Los granjeros acaban por acostumbrarse a esos olores de los animales —contestó el abuelo, sonriente.

Después le explicó a Emil cuál sería su trabajo en la granja: cada mañana, tomaría una cesta e iría a ver si las gallinas habían puesto algún huevo. Emil tenía que admitir que era divertido buscar huevos, ponerlos con cuidado en la cesta y llevárselos a mamá.

Por la noche, Emil oyó extraños sonidos que llegaban por la ventana de su habitación; las vacas mugían como él nunca había oído antes. Y se escuchaban aullidos, como de perro, pero más salvajes. Imogena comenzó a ladrar al oír los aullidos, y los perros de las granjas de los alrededores y de otras más lejanas se unieron a ella.

Algo hacía «¡Uuuh—Uuuh—Uuuh!», y el abuelo le explicó que era un búho.

Todos, menos Emil, eran muy felices. El abuelo, porque había trabajado en la granja toda la vida y ahora iba a ser la granja de su hijo. Papá, porque había crecido en esa granja y ahora podría trabajar allí en vez de llevar traje y corbata todos los días a una oficina. Mamá, porque iba a poder plantar rosas rojas, blancas y amarillas.

Emil, por su parte, estaba contento de poder pasar más tiempo con su abuelo. Todas las mañanas, mientras papá trabajaba en el establo y mamá preparaba el desayuno, el abuelo iba al cuarto de Emil, lo despertaba y le daba un abrazo.

El primer día que Emil fue a su nuevo colegio, el abuelo lo estaba esperando cuando bajó del bus escolar.

—¿Cómo te ha ido en tu primer día? —preguntó el abuelo.

—Soy el chico más pequeño de la clase —le contó Emil.

Después de la merienda, el abuelo salió a dar un paseo con su nieto. Cuando llegaron a la pradera, le mostró un lugar donde la hierba alta aparecía aplastada porque

un oso había dormido allí. El espacio aplastado era tan ancho como una bañera.

—El oso que ha dormido aquí era grande —dijo el abuelo.

Más tarde, mientras paseaban por la orilla del río, vieron un ciervo en un remanso poco profundo. Tenía unos cuernos de los que salían ramas, como si llevara un árbol pequeño en la frente. El ciervo sacudió la cabeza y miró en todas direcciones, mientras movía la cola de un lado a otro.

El abuelo se puso el dedo índice en los labios. Él y Emil se quedaron muy quietos y sin decir palabra. En un instante, el ciervo los vio, dio un gran salto y echó a correr, salpicando agua, hasta que desapareció detrás de unos arbustos que crecían en la orilla opuesta del río.

El abuelo le explicó a Emil que era un ciervo macho.

—Sólo los machos tienen cuernos. ¿Qué te parece? Era grande ¿eh? —le dijo.

A Emil le parecía que en el campo todo era grande. Los chicos de su clase eran más grandes que él; Imogena era grande; las vacas eran grandes; los cerdos eran grandes; el oso que había dormido en la pradera era grande; el ciervo del río era grande.

A Emil también le hubiera gustado ser grande.

Al día siguiente, Emil parecía más contento al bajar del bus. Le contó al abuelo que había hecho dos amigos en la escuela.

—Se llaman Christopher y Marcus —le contó.

Al anochecer Emil, se dio un baño y practicó ejercicios al piano; luego Christopher lo llamó por teléfono y estuvieron hablando de cosas como fútbol, pesca o superhéroes, hasta que mamá le dijo que ya era hora de irse a la cama. Cuando estuvo en la habitación, Emil apagó la luz y vio por la ventana que en el cielo había una luna grande y redonda. Se dio cuenta también de que ahí fuera había una luz que se encendía y se apagaba, y se preguntó si sería su papá.

Sin embargo, vio otras dos lucecitas que brillaban en el aire, ahora sí, ahora no, y luego tres luces más, hasta que muchas luces brillaron en la oscuridad de la noche, encendiéndose y apagándose.

Emil salió de su cuarto y corrió a través del salón, hasta llegar a la habitación del abuelo, que estaba leyendo un libro.

—¡Abuelo, ven, corre! —exclamó Emil—. ¡Está nevando! ¡Está nevando fuego!

Cogió a su abuelo de la mano y lo llevó a su habitación, y los dos se acercaron a la ventana.

—Eso no son copos de nieve —le explicó el abuelo sonriendo; son luciérnagas.

A la luz de la luna, las luciérnagas parecían puntos negros que se encendían y brillaban. Ahora eran muchas más que antes, muchísimas más. Parecían llenar el aire desde el suelo hasta la luna, grande y amarilla, encendiéndose y apagándose como pequeñas bolitas de luz, y eran tantas que Emil sabía que nunca podría contarlas. Surcaban el aire de un lado a otro, subiendo, bajando y descendiendo en picado.

—Pero tienes razón; parecen copos de una tormenta de nieve —dijo el abuelo.

Una de las luciérnagas se posó sobre el alféizar de la ventana y el

abuelo la alcanzó con la mano. Se la puso en la palma y colocó la otra mano encima, dejando un hueco en el medio. Emil pudo ver por entre las rendijas que dejaban los dedos de su abuelo que la luciérnaga se encendía como una llama, para luego volver a ser un simple insecto negro.

—¿No es maravilloso que una cosa tan pequeña pueda hacer una luz tan fuerte y tan bonita? —comentó el abuelo.

—Yo soy pequeño… —dijo Emil—. Soy pequeño para ser un chico.

—Eres lo bastante grande como para crecer en una granja —le respondió el abuelo—. Algunos animales muy pequeños, como esta luciérnaga, siempre serán pequeños; pero tú crecerás. Tu papá también era pequeño cuando tenía tu edad, y no empezó a crecer de verdad hasta que fue mucho mayor que tú.

—¿En serio? —preguntó Emil. Su papá era muy alto.

—Sí —afirmó el abuelo.

Sacó la mano por la ventana y soltó la luciérnaga, que brilló y echó a volar.

—No puedes volar como una luciérnaga, Emil, pero cuando seas mayor podrás tomar un avión y viajar adonde te apetezca. Volarás mucho más alto de lo que vuelan las luciérnagas. Incluso podrás montarte en una nave espacial y llegar a la Luna.

Emil observó la Luna, grande y amarilla. Estaba muy lejos, pero sabía que había gente que había viajado hasta allí y que había caminado por ella.

—Sí. A lo mejor iré —contestó.

El abuelo aconsejó a Emil que pensara en eso.

—Tienes muchísimo tiempo —le dijo y, por segunda vez aquella noche, arropó a su nieto en la cama.

Cuando se hubo ido, Emil se puso a mirar por la ventana cómo las luciérnagas iban desapareciendo. Al rato, sólo unas pocas luces brillaban en la oscuridad, hasta que al final no quedó ninguna y se durmió.

Al día siguiente, mientras jugaban en el patio de la escuela, Christopher le preguntó a Emil por qué miraba tanto al suelo.

—Estoy buscando insectos pequeñitos —respondió Emil.

Christopher decidió ayudarlo y, juntos, buscaron por todo el patio.

Encontraron una lombriz en un charco de agua, dos arañas en su telaraña cerca del cajón de arena, un saltamontes en la hierba y una mariposa negra y amarilla sobre una flor azul.

—Los insectos son muy interesantes —dijo Christopher, y Emil estuvo de acuerdo.

Cuando Emil volvió a casa después de la escuela, el abuelo tenía una sorpresa para él.

—Acompáñame al establo —le dijo.

Imogena estaba echada en un rincón, sobre una pila de paja, y con ella había cinco cachorrillos.

—Elige el que más te guste; será para ti —le dijo el abuelo.

El cachorro más grande tenía el pelo marrón, como Imogena; otros tres tenían manchas negras, y el último tenía casi todo el pelo negro, pero sus orejas, suaves, eran marrones, como su cola y sus patas; era el más pequeño de todos.

—Éste es el que quiero —decidió Emil, tomando en sus manos el cachorrito.

—Todavía es muy pequeño, y no te ve —le explicó el abuelo—, pero si lo apoyas contra ti, te reconocerá por tu olor.

Emil se acercó el perrito a la cara, y el cachorro lo olfateó y comenzó a lamerle la nariz con su lengua calentita, haciéndole cosquillas. Emil le dio un beso en la cabeza y le susurró al oído:

—Tú y yo seremos amigos, y juntos creceremos mucho.

# Sara y la mofeta

**S**uave y Salchicha, las dos mascotas de Sara, eran muy buenos amigos. Suave era una mofeta y Salchicha un perro, pero se llevaban muy bien.

—Juraría que Salchicha cree que es una mofeta como Suave, y que Suave cree que es un perro como Salchicha —solía decir papá.

Las dos formaban parte de la familia de Sara desde el día en que ella y papá fueron a la tienda de animales a comprar un perro. El cachorrito les encantó en cuanto lo vieron; tenía la cabeza alargada como un cono, los ojos como brillantes botones marrones, las orejas suaves y caídas, el cuerpo largo y esbelto y las patas muy cortas.

Ya salían de la tienda, cuando pasaron junto a una jaula en la que había un animalito con el pelo oscuro y sedoso, con una banda blanca que lo recorría de la cabeza a la cola.

OFERTA

Popsicle

—¡Éste también me gusta! —dijo Sara—. ¿Qué es?

—Es una mofeta —dijo el hombre de la tienda.

Papá y el dependiente tuvieron una larga conversación. Al final papá, además del cachorrito, también compró la pequeña mofeta.

conejo enano

Mamá se alegró mucho al ver al perro.

—¡Qué cosa más bonita! —dijo—. Es como una salchicha pequeña.

—Salchicha sería un buen nombre para él —opinó Sara; sus padres estuvieron de acuerdo.

Pero cuando vio a la mofeta, mamá se enfadó.

—Es preciosa, pero no pienso tener una mofeta en casa. ¡Las mofetas son unos animales que huelen mal!

218

CUADRO RESUMEN:

ar (-ante, -ente, -iente, -ado, -ido.)
lar (-to, -so, -cho.)

nombre
adjetivo
bo en los tiempos compuestos

**ADVERBI**

Adverbio.—
Se llaman adverbios las palabras que califican o determinan a
los verbos.

Las estrellas están lejos.
La palabra lejos determina al verbo estar indicando
Juan escribe bi

MPLAR PARA EL INTERESADO

—Ésta no —dijo papá.

Papá le contó a mamá que el hombre de la tienda le había explicado que el mal olor de algunas razas de las mofetas proviene de una pequeña glándula situada bajo la cola, pero que a ésta un veterinario se la había extirpado nada más nacer, para que no oliese mal.

—Ahora es un animal de compañía perfecto; huele y verás —dijo papá.

Mamá se llevó la mofeta a la nariz y la olfateó.

—Tienes razón —asintió—. Huele fresca y limpia. ¡Y qué suave!

Y Suave fue el nombre que le pusieron.

Papá y mamá leyeron libros sobre perros y mofetas, para saber cómo cuidar a Salchicha y a Suave, y le contaron a Sara lo que habían aprendido.

Sara ayudaba a cuidar a las mascotas; ella y mamá las sacaban a pasear, llevando a Suave con una correa y a Salchicha con otra. También les hablaba cuando papá las bañaba, y les aguantaba las patas cuando había que cortarles las uñas.

Sara colaboraba con mamá y juntas les ponían agua, y una vez al día les daban comida para perros y a veces, de postre, unas galletas de vainilla.

Papá le contó a Sara cosas muy interesantes sobre las mofetas.

—En el bosque, no hay animal que se acerque a éstas, por lo mal que huelen —le explicó—. Tienen dientes muy pequeños, y las garras no son afiladas. Y con las patas tan cortas no pueden correr demasiado rápido, pero si algo les da miedo arquean el lomo y agitan las patas delanteras; luego se dan la vuelta, se agachan y levantan la cola, y por la glándula que tienen debajo lanzan un líquido amarillo y fétido, que tiene el peor olor que te puedas imaginar. Es un olor tan horrible que ni siquiera los animales más grandes, como los osos, se atreven a molestarlas.

A Suave y a Salchicha les encantaba jugar juntos. Su juguete favorito era una pelota roja de goma: cuando uno pillaba la pelota con la boca, el otro lo perseguía, y jugaban hasta quedar exhaustos. Cuando hacía mal tiempo, dormían la siesta en un rincón de la habitación de Sara, y si hacía buen día, dormían en el jardín. A Sara le gustaba verlos acurrucados el uno contra el otro, a la sombra de un rosal lleno de rosas rojas.

—Qué bien duermes, Suave; que duermas bien, Salchicha; ¡Que tengáis bonitos sueños!

Hacía ya unos dos años que los animales vivían en casa de Sara y su familia, cuando el señor Carlin se mudó a la casa de al lado. El señor Carlin era alto y musculoso, y todas las mañanas salía a pasear con un perro muy grande.

—Ese perro no lleva correa —advirtió mamá.

—A lo mejor es que es muy bueno —dijo papá—; hay muchos perros grandes que son amables y educados.

El perro del señor Carlin tenía el pelo áspero y marrón, y se llamaba Guapete, aunque a Sara no le parecía guapo en absoluto. Nunca movía el rabo y tenía pinta de ser malo.

Una tarde, Sara vio por la ventana que el perro del vecino entraba en su jardín. A Suave y Salchicha les encantaba jugar con otros

animales; Salchicha, que tenía en la boca la pelota de goma, fue corriendo hasta Guapete, moviendo la cola.

Guapete miró a Salchicha y comenzó a gruñir. Su gruñido era grave y fuerte, y su mirada, malvada. Daba miedo. Se acercó más a Salchicha y entonces se puso a ladrar. Ladraba más alto que gruñía, y aún daba más miedo. Tenía los dientes largos y amarillos, y parecían afilados. Salchicha estaba asustado; abrió la boca para responder al ladrido de Guapete y la pelota se le cayó de la boca y rodó por la hierba.

Sara llamó a sus padres para que mirasen por la ventana.

—Suave está haciendo algo raro —les dijo.

Suave había arqueado la espalda y agitaba las patas delanteras. Se dio la vuelta y se agachó tanto que parecía que se apoyase en la cabeza; luego levantó la cola, pero no pasó nada.

—Trata de proteger a Salchicha tal y como las mofetas salvajes se protegen a sí mismas —explicó papá—. Pero le extirparon la glándula del mal olor al nacer, y no puede hacer nada para que Guapete deje de molestarlos.

Papá echó a Guapete del jardín. El intruso cogió la pelota roja con la boca y se la llevó.

Papá fue a casa del señor Carlin y llamó a la puerta, y éste le devolvió la pelota. Suave y Salchicha se pusieron muy contentos de haberla recuperado.

Sin embargo, al cabo de dos días, Guapete volvió al jardín de Sara, donde Salchicha y Suave estaban durmiendo la siesta. Guapete se acercó a ellos y ladró muy fuerte, con lo que se despertaron de golpe y muy asustados. De nuevo Suave intentó salpicarle, en vano, lo que puso triste a papá.

—Pobre Suave —dijo—. Aquel veterinario no debería haberle quitado la glándula del mal olor. No es justo convertir a los animales silvestres en mascotas.

Al día siguiente, el señor Carlin todavía no había comprado una correa para su perro. Esa tarde, Guapete volvió al jardín de Sara, arrancó algunas margaritas y destrozó el rosal de mamá, cosa que a ella le fastidió mucho.

Además, Guapete había puesto a Suave y a Salchicha tan nerviosos que ya no jugaban ni dormían la siesta.

—Voy a construir una valla muy alta alrededor del jardín para que ese perro no vuelva más —anunció papá.

Pero, en ese momento, estaba muy ocupado con su trabajo como para ponerse a construir una valla.

—Llamaré a la policía. Ellos me dirán qué hacer —dijo entonces mamá.

La policía escuchó a mamá y al cabo de un rato un agente se presentó en casa del señor Carlin, que le prometió que compraría una correa lo antes posible. Al cabo de dos horas, sin embargo, Guapete volvió al jardín, ladró a las pobres mascotas de Sara y además estropeó el rosal de rosas amarillas de mamá.

Al día siguiente, mamá miró por la ventana y vio a Suave y a Salchicha en un extremo del jardín; y en el otro extremo... ¿Qué era eso? ¿Otro Suave?

—Hay otra mofeta en el jardín —le contó mamá a papá.

—Es una mofeta salvaje —dijo papá.

Esa mofeta era un poco más grande que Suave, y tenía el pelo de un marrón más claro. Se acercó a Salchicha y a Suave, y Salchicha se puso a mover la cola.

—Se van a hacer amigos —dijo Sara.

—¡Oh, no! —se quejó entonces mamá—. Ahí viene Guapete.

Guapete se puso a ladrar muy alto. Suave arqueó la espalda y agitó sus patas, se dio la vuelta y levantó la cola; pero como Guapete ya estaba acostumbrado al comportamiento de Suave, siguió ladrando y gruñendo. Entonces, la mofeta salvaje se dio la vuelta, se agachó, levantó la cola y lanzó un chorro de líquido amarillo y pestilente directamente a Guapete. En un momento, el perro quedó impregnado del olor más desagradable del mundo y se fue a casa del señor Carlin corriendo tan rápido como pudo.

Al ver que en ese barrio había un perro tan malo y que ladraba tanto, la mofeta salvaje se fue de allí inmediatamente, y la familia de Sara no la volvió a ver nunca más. Al señor Carlin le llevó varios días eliminar el apestoso olor que despedía el pelo de Guapete.

Unos días después, el señor Carlin sacó a pasear a su perro, y Sara vio que llevaba a Guapete sujeto con una correa. Al pasar por la casa de Sara, Guapete echó un vistazo al jardín, y él y Suave se miraron a los ojos. La mofeta arqueó el lomo y se puso a agitar las patas, pero Guapete ya no quería saber nada de mofetas, así que echó a correr velozmente, arrastrando a su dueño tras él.

Salchicha y Suave estuvieron toda esa mañana jugando con la pelota de goma, hasta caer rendidos; entonces se pusieron a la sombra del rosal de rosas  rojas y se acurrucaron como dos bolitas de pelo. Sara sonrió al verlos así.

—Que duermas bien, Suave —dijo—; que duermas bien, Salchicha. ¡Que tengáis bonitos sueños!

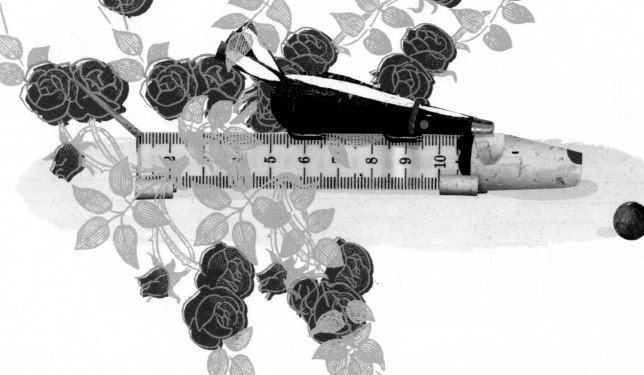

# Emma y los zorros

Emma vivía en una ciudad grande y ruidosa que estaba llena de coches, camiones, buses, trenes subterráneos, tiendas y restaurantes. Sin embargo, su casa estaba en un extremo de la ciudad, en una tranquila calle al lado del bosque; su padre decía que era como vivir en el campo, pero cerca de una pizzería.

La mejor amiga de Emma, Sophie,
vivía a unos minutos en bus, en un
gran edificio de apartamentos. Era pequeña y
delgada, de alegres ojos pardos y largo pelo negro.
Sus trenzas se agitaban cuando caminaba y bailaban
cuando corría. Emma era más alta que Sophie; tenía
los ojos azules y el pelo castaño, corto y rizado.

A Emma le gustaba el barrio donde vivía Sophie; les
encantaba mirar escaparates juntas. Había un cine, y cerca
estaba la biblioteca donde trabajaba la madre de Sophie, y donde
las dos amigas iban a veces a leer y a mirar vídeos.

Sophie vivía con su madre, y estaba todo el tiempo quejándose
de ella.

—¡Mi madre es un incordio! Tiene que saber dónde estoy a todas
horas, y me hace comer guisantes, ¡y sabe que los odio! No me deja
levantarme tarde ni mirar mucha televisión; ¡no deja que me divierta!
—decía Sophie.

A Sophie le encantaba ir a casa de Emma. A veces jugaban en
el jardín, pero el padre de Emma les decía que nunca fueran por el
bosque sin la compañía de un adulto.

—Es fácil perderse en el bosque —les decía.

A las chicas les gustaba mucho mirar los árboles por la ventana
de la habitación de Emma; un día, antes de que cayesen las primeras
nieves del invierno, vieron a un animal caminando por el bosque.

—¡Qué perro tan bonito! —exclamó Sophie.

El animal tenía el pelaje rojo como las hojas de otoño, el pecho

blanco, la parte inferior de las patas de color negro y una cola roja, grande y espesa, con la punta acabada en blanco. Cuando se lo describieron al padre de Emma, éste negó con la cabeza.

—Eso no era un perro; era un zorro.

Dos mañanas después, Emma volvió a ver al zorro; y luego, a la tercera, vio a dos de ellos.

—Se parecen mucho —le contó a Sophie por teléfono—, excepto que uno es más grande y no tiene el pelo tan rojo, sino más bien naranja. Mi padre dice que el más grande es un macho y que el más pequeño es una hembra.

Un sábado, Sophie fue a casa de Emma y estuvieron mirando por la ventana largo tiempo, pero no vieron a los zorros. Entonces, cuando ya estaba anocheciendo y el padre de Emma estaba a punto de coger el coche para llevar a Sophie a casa, ésta miró por la ventana y anunció:

—¡Ahí están!

Esta vez el padre de Emma también los pudo ver.

—¿No son bonitos? —dijo.

En cuanto los zorros se escabulleron hacia el interior del bosque, a Emma le recordaron a unos bailarines. Se fueron en un abrir y cerrar de ojos.

Al principio del invierno, Emma sólo pudo ver a los zorros de vez en cuando. Luego vio más a menudo al zorro más grande, el macho de pelo naranja, caminando solo por el bosque.

—¿Por qué ya no viene la hembra? —preguntó Emma a su padre.

—A lo mejor es que ha dado a luz a sus cachorros —opinó su padre—. Cuando los cachorros nacen, son pequeños y están indefensos, y el papá zorro caza solo, para que la madre pueda quedarse en su guarida con las crías.

Una tarde, después del trabajo, el padre de Emma volvió a casa muy triste.

—Un zorro ha muerto atropellado por un camión en la carretera, no muy lejos de aquí —dijo—. Creo que es el papá zorro que conocíamos.

Emma también se puso muy triste, y lo mismo Sophie cuando su amiga se lo contó.

—Y ahora, ¿quién buscará comida para las crías? —se preguntó Emma.

—Supongo que la mamá zorro encontrará comida para sus cachorrillos; las madres se las pueden apañar muy bien ellas solas para cuidar a sus hijos —opinó Sophie.

Sophie tenía razón. Dos días después, las chicas y el padre de Emma vieron a la pequeña hembra roja atravesar con sigilo el jardín y adentrarse en el bosque.

—Mirad: sus huellas forman en la nieve una línea casi recta —advirtió el padre de Emma—. Esto es porque cuando los zorros caminan, apoyan las patas traseras exactamente donde habían pisado con las delanteras.

—¿Crees que encontrará suficiente comida para las crías? —preguntó Emma ansiosa.

—Eso espero —contestó su padre.

—¿Qué comen los zorros? —quiso saber Emma.

—Muchas cosas. Son buenos cazadores —le informó su padre—; comen animales pequeños y, en el verano, insectos, ranas, miel, frutas y bayas. Pero cuando hace frío y la nieve lo cubre todo, es difícil encontrar comida.

Ahora, Emma podía ver a la mamá zorro muchas veces al día. Siempre parecía estar cazando, esforzándose durante mucho tiempo para llevarles comida a sus pequeños.

En el transcurso de las semanas, Emma se dio cuenta de que la hembra estaba muy delgada, y su bonito pelaje ya no tenía brillo y estaba alborotado.

—Parece una señora que no se peina —le contó Emma a Sophie.

—Quizá es que la mamá zorro no come lo suficiente —dijo el padre de Emma—. Debe de darles casi toda la comida a sus crías.

Esa tarde, Emma y Sophie hicieron dos deliciosos bocadillos de mantequilla de cacahuete y los lanzaron al jardín, que estaba cubierto por la nieve, confiando en que la mamá zorro los encontraría; pero el padre de Emma se dio cuenta e hizo que las chicas volvieran afuera a buscar los sándwiches.

—Sé que intentáis ayudar a la mamá zorro —les dijo—, pero nunca debemos alimentar a los animales salvajes. Si lo hiciéramos, comenzarían a esperar en los jardines para que la gente los alimentase, y se meterían en problemas, y además olvidarían cómo encontrar comida por sí solos.

Las chicas obedecieron, pero se sintieron muy tristes.

—Espero que los bebés zorro no estén pasando hambre —dijo Emma.

—Yo también lo espero —coincidió Sophie—. Creo que estarían felices de comer cualquier cosa buena para ellos… ¡Incluso guisantes!

Pasaron las semanas y la mamá zorro parecía aún más delgada. A Emma le preocupaba verla cada día recorriendo el bosque para cazar. Por suerte, los días se fueron haciendo más largos; el sol empezó a brillar con más fuerza y las nieves comenzaron a fundirse y a formar charcos que pronto fueron absorbidos por la tierra; las plantas comenzaron a brotar, y los capullos de los árboles se convirtieron en hojas y flores. Ahora la mamá zorro ya no se dejaba ver tanto, pero cuando la veían pasar por el jardín, tenía mejor aspecto y no estaba tan delgada.

—Ha llegado la primavera, y la mamá zorro puede encontrar más comida —dijo el padre de Emma—. Ya no necesita pasar tanto tiempo cazando.

Por fin, un día, estando Emma en su habitación con Sophie, volvieron a ver a la mamá zorro, ¡y no estaba sola! Cuatro rechonchos y juguetones animalitos la acompañaban.

—¿No son unos cachorrillos preciosos? —suspiró Emma.

Tres de las crías

estaban juntas, pero una se había quedado rezagada investigando un manto de flores. El cachorro se estaba alejando demasiado, pero la madre aulló con rotundidad y su hijo volvió corriendo.

—Es una buena madre —dijo Sophie—. Tiene que saber a todas horas dónde están sus hijos.

Esa noche, Sophie se había quedado a dormir en casa de Emma, y las dos chicas estaba sentadas en la cama, charlando. Fuera, la brillante luz de la luna llena iluminaba el jardín.

—¡Mira, Sophie! —gritó Emma.

En el límite del bosque, la mamá zorro se apoyaba sobre sus patas traseras y movía las delanteras en el aire. Sus ojos parecían estar mirando directamente a la luna y abría y cerraba la boca, como si estuviese aullando. Mientras las chicas miraban, volvió a apoyarse en sus cuatro patas y se adentró en el bosque.

A la mañana siguiente, durante el desayuno, las chicas contaron a los padres de Emma lo que habían visto la noche anterior.

—Seguro que estaba espantando insectos —dijo el padre.

—Yo creo que bailaba porque estaba feliz —opinó Emma—. Está contenta de que llegue el verano y sus hijos tengan comida.

Sophie estuvo de acuerdo con Emma.

Después del desayuno, las chicas jugaron con papeles y lápices de colores. Emma recortó figuras de papel y Sophie le hizo una tarjeta de cumpleaños a su madre, donde le decía lo mucho que la quería. En la parte delantera, Sophie dibujó cuatro zorrillos con las barrigas llenas y bien redondas, y una mamá zorro muy feliz que bailaba y aullaba a la luz de la luna.